W9-BZP-257

ESCONDITE

DE
CAROLYN KISLOSKI

ILUSTRADO POR
NINA DE POLONIA

Tema: La primavera   **Subtema:** Parque infantil

Notas para padres y maestros:

¡Es muy emocionante que un niño comience a leer! Crear un ambiente positivo y seguro para practicar la lectura es importante para animar a los niños a cultivar el amor por ella.

RECUERDE: ¡LOS ELOGIOS SON GRANDES MOTIVADORES!

Ejemplos de elogios para lectores principiantes:

• ¡Tu dedo coincidió con cada palabra que leíste!

• Me gusta cómo te ayudaste de la imagen para descifrar el significado de esa palabra.

• Me encanta pasar tiempo contigo y escucharte leer.

¡Ayudas para el lector!

Estos son algunos recordatorios para antes de leer el texto:

• Señala con cuidado cada palabra que leas para que lo que dices coincida con lo que está impreso.

• Mira las imágenes del libro antes de leerlo para que notes los detalles en las ilustraciones. Usa las pistas que te dan las imágenes para entender las palabras de la historia.

• Prepara tu boca para decir el sonido inicial de una palabra y ayudarte a entender las palabras de la historia.

Palabras que debes conocer antes de empezar

barras infantiles

columpio

cuenta

esconder

escondite

flores

tobogán

ESCONDITE

DE CAROLYN KISLOSKI

ILUSTRADO POR
NINA DE POLONIA

Juguemos al escondite.

Cuenta hasta 10.

Me esconderé.

¿Dónde puedo esconderme?

¿En las barras infantiles? 1, 2.

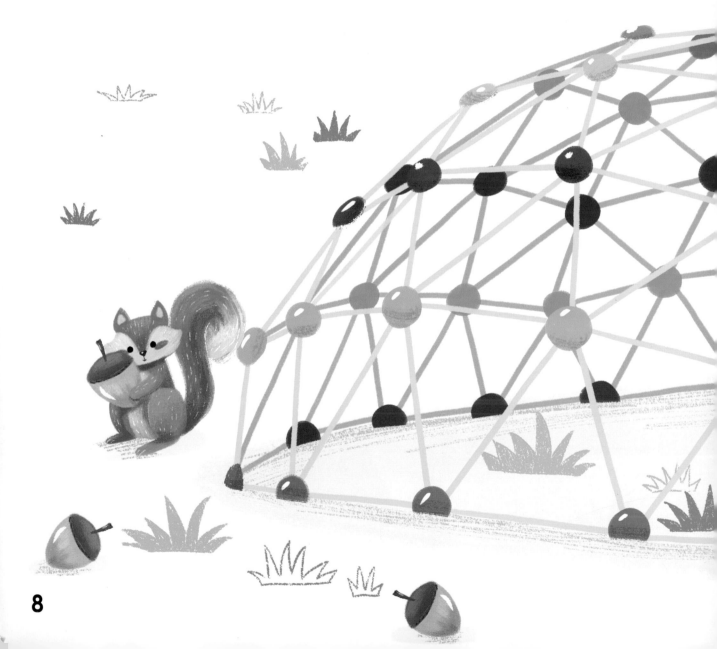

No, él me verá.

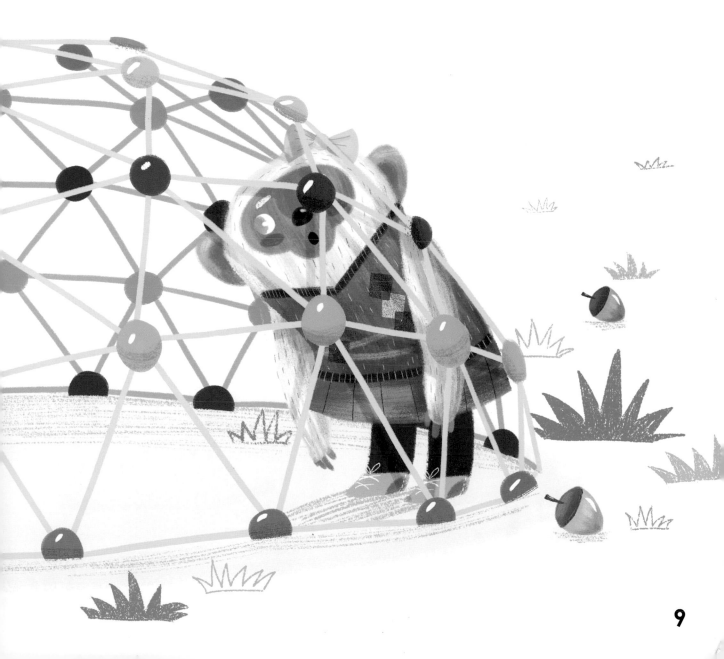

¿En el columpio? 3, 4

No, él me verá.

¿En el tobogán? 5, 6.

No, él me verá.

¡Ah, ya sé!

Puedo esconderme aquí. 7, 8.

Él no me verá.

9, 10. ¡Aquí voy!

¿Dónde estás?

¡Ajá, estás ahí!

¡En las flores!

Puedo ver tu listón.

Ayudas para el lector

Sé...

1. ¿A qué jugaban los animales?

2. ¿Dónde quería esconderse primero la niña?

3. ¿Dónde quería esconderse después?

Pienso...

1. ¿Alguna vez jugaste al escondite?

2. ¿Te gustó jugar al escondite?

3. ¿Con qué frecuencia vas al patio infantil?

Ayudas para el lector

¿Qué pasó en este libro?
Mira cada imagen y di qué estaba pasando.

Sobre la autora

Carolyn Kisloski ha sido maestra toda su vida y actualmente enseña en el kínder de la escuela primaria Apalachin, en Apalachin, NY. Está casada y tiene tres hijos. Le gusta pasar tiempo en la playa y en el lago, jugar y estar con su familia. Carolyn vive actualmente en Endicott, NY.

Sobre la ilustradora

Nina de Polonia nació en Filipinas. Le encanta dibujar desde el momento en que pudo sostener un lápiz. Aparte de ilustrar libros infantiles, también se dedica al crochet, es calígrafa, jardinera especialista en hierbas y mamá de tiempo completo.

Library of Congress PCN Data

Escondite / Carolyn Kisloski

ISBN 978-1-64156-058-0 (soft cover - spanish)
ISBN 978-1-64156-131-0 (e-Book - spanish)
ISBN 978-1-68342-698-1 (hard cover - english)(alk. paper)
ISBN 978-1-68342-750-6 (soft cover - english)
ISBN 978-1-68342-802-2 (e-Book - english)
Library of Congress Control Number: 2017935344

Rourke Educational Media
Printed in China, Printplus Limited, Guangdong Province

© 2018 Rourke Educational Media

www.rourkeeducationalmedia.com

Editado por: Debra Ankiel
Dirección de arte y plantilla por: Rhea Magaro-Wallace
Ilustraciones de tapa e interiores por: Nina de Polonia
Traducción: Santiago Ochoa
Edición en español: Base Tres